화요일의 목록

지혜사랑 271

화요일의 목록

박설하 시집

지혜

시인의 말

마음밭에 잠긴 시어들을 건져 올리는데
창밖 원추리가 손바닥을 펴 보인다
'기다리는 마음'으로 번져가는 꽃말을
한잎 두잎 적어보내기로 한다

차례

1부

2부

3부

4부

• 일러두기

페이지의 첫줄이 연과 연 사이의 띄어쓰기 줄에 해당할 경우 > 로
표시합니다.

1부

수정유리 계과장

　나를 그을 수 있는 건 없다. 파유리의 약점을 찌를 거다. 손자국 없는 갈굼. 해고수당을 올릴 수 있다면 잔업쯤은 밀어부칠 거다. 이주노동자 노라와 공장장의 불법사생활을 움켜쥐고 컨테이너 휴게실에서 쩝쩝 샌드백을 간보는 나는 계과. 기세등등한 공장장의 배짱을 벤치마킹한다. 근면한 밴딩벨트를 노려보며 내부고발! 중지를 날린다. 아무도 못 쓰는 월차를 쓰고 야근 따원 뒷전. 하하하. 목청을 뚫고 들어오는 경고는 짧고 굵게, 내일 뱉을 독설을 예고한다.

　나는 들개. 세치 혀로 김대리의 새가슴을 교란 작전에 끌어들인다. 달군 강화로에 뒷담화를 굽는다. 유리가루 덮인 불법을 들먹이고 하극상을 대리한다. 나직할수록 먹히는 독설로 현장을 휘젓는 나를 제압할 수 없다.

　굶어도 괜찮다. 다만 허기진 배를 걷어차진 마라. 깨진 유리로 환각을 긋고 나올 때까지.

12월의 오로라

창밖에서 캐럴은 나를 훔쳐보곤 했어요

한겨울 밤이면
출근을 서두르곤 했지요
눅눅한 불빛은
고드름 아래에서 눈을 떴다 감곤 했어요

오로라를 찾아 빙하를 달려가곤 했지요
채찍을 휘두르다
개썰매에서 떨어지기도 했어요
눈밭으로 사라진 털복숭이들을 쫓아
하얀 밤이 달리기도 했지요

사이키 조명 사이로
끈적이는 12월을 놓치곤 했어요
밤무대에서 돌아온 엔카는
선잠에 들었다 깨곤 했지요

라면을 끓이면
허기진 목청이 뜨겁게 흘러내렸어요
끊어지는 면발을 휘휘 저으며
젓가락으로 바닥을 건져 올렸지요

식은 국물을 삼킬 때마다
잊어버린 가사가 밀려갔다 밀려오곤 했어요

오색 광도의 1번 트랙은 언제쯤 달려올까요

물, 물물물 물 좀 줘요

생수 뚜껑을 연다

한 모금의 말을 마시면
찰박찰박
물길에 없는 네가 풀려나온다

한 뼘도 못 미치는 입술은 젖어 드는데
물로 채워지지 않는 갈등
혹은, 갈증
발포비타민에 혀들이 요동친다

맹물은 숨줄이다

수면이 이울면
끼리끼리 갈라지는 편들
병목으로 모여드는 발설은
누구도 풀 수 없어
중간부터 막힌 말문이 점점 엉키고

숨이 마를 때
목소리가 구겨질 때
말 한 병이 더 필요해

\>

투명해지는 출구에서
감정비타민을 발포한다, 한번 더

궁굴린 물방울의 말 말말말
한 마디 한 마디의 말들!

워터 미, 플리즈!

파인애플 통조림을 따는 수요일

쏟아지는 비를 건네고 싶어
우산으로 얼굴을 감춘 거리에서
셔터를 내리며

도시에 잠긴 야경을
자동판매기가 꺼내줄지도 모르지
비를 맞고 있을 때
잠긴 미래가 스쳐갔을지도

알아들을 수 없는 질문을
이별처럼 던질 때 나는
축축해진 편도티켓을 찢어버릴 거야

캔 뚜껑만큼의 프레임 속에서
이륙을 시작하는 비행기는
접힌 눈빛으로 날개를 펼 테니

수요일의 유통기한이 임박해 올 때
광합성을 멈춘 식물성이 될 거야

당신이 좋아하던 파인애플 통조림
수요일을 따고 들어갈 열쇠가 필요해
젖은 심장에도 감전되지 않는

갈매기의 모래밭

살기로 작정한 당신들이 밀려갔다 밀려온다. 검정 모자와 흰 블라우스의 밀회를 가로지르는 모래밭. 밤새 흩어질 원나잇을 모래 속에 감추고 서로를 부둥켜안고 있다. 잿빛 깃털을 날리는 하얀 그림자에 발등이 젖는 모래 알갱이들. 갈매기들은 빈 그림자를 낚아채 달아나고 있다. 보리등 꼬마불빛은 수평선의 젖은 날개를 한 걸음 추켜올리겠지만, 모래 신발 속에 쌓인 모래는 발가락을 보여주지 않는다. 돌아보지 않을 당신들이 남기는 발자국은 한 걸음씩 멀어지고, 가눌 수 없는 무게는 모래구덩이 깊이 묻힐 것이다. 갈매기들이 점점 불어나고 모래밭은 점점 좁아진다.

에스프레소

모래바람이 기습검문을 한다
입을 다문다
건너편 여자는 채곡채곡 눈물을 접고 있다
사막카페에서 들려오는 피아노 선율
스쳐가는 이방인들의 모국어가
커피머신의 소리 위로 떠다닌다

에스프레소에 잠긴 신기루 한 모금을 삼키면
한때 버림받았던 사막여우가 출몰하곤 한다
그건 지난 일일 뿐이지만
더블샷은 가끔, 달콤하다

어린왕자의 망토가 창가에 펄럭인다
연미복과 달콤한 왕관
스쳐간 것들을 유인하는 모자 안에서
장미꽃이 사라지는 마술은 들켜도 괜찮다

오아시스로 간 부메랑은 돌아오지 않을 것이다

월산리, 당신

당신은 물 장화가 어울려
삭은 볏짚이 들러붙어
추적추적 종아리를 따라다녀도

당신은 알곡을 셈하는 게 어울려
때아닌 폭우에 까뭇해진 마늘을 말려도

화요일 수요일이 다를 게 뭐야
구멍 뚫린 밀짚모자를 퉁명스럽게 고쳐 쓴다

검버섯이 어울려, 당신은
키보드 두드리던 손가락을 목장갑으로 감추고
굳은살이 거뭇거뭇 박힌

잡풀을 걷어내며
당신에겐 내가 잘 어울려?
흙탕물에 잠긴 채 꾹 입을 다문 마늘밭

두 발을 다지는 진흙은 뺄 수 없는 무게로 짓누르는데
검정비닐을 뚫고 올라온 마늘종들이
들리지 않는 매운 말을 주고받는다

>
때때로 어울리지 않는 변명이 있어, 우리에겐
당신 눈빛을 끌고 가는
월산리 그림자가 따갑도록 맵다

꽃물 스웨터

할머니의 눈물은 벼랑이었다
저쪽 세상을
온 힘으로 끌고 오는 손목이 바들거렸다

나는 한쪽 호기심을 송판 아래로 밀어 넣었다
다른 쪽 발도 디밀 때
돌 틈에 낀 허공을 잠깐 놓쳤다

거름내로 칠갑한 발톱 뿌리까지 꺼내 헹구며
산발로 할머니는 울었다

할머니에게 업혀 밤마실을 다녔다
할머니에게 매달린 그믐을
야금야금 뜯어먹고 자란 사춘기
진달래 꽃물로 떠준 스웨터엔
달무리로 돌아간 할머니가 붉게 숨어 있었다

나는 천천히 젖은 봄날을 끌어당겼다
스웨터 꽃물이 한 올씩 딸려나왔다

아저씨

늦은 저녁을 받은 남자
식어가는 국으로 리모컨을 데우는 남자
먹으라는 채근을 모서리로 흩뿌리는 남자
'지니'까지 애타게 불러대는 남자
마늘장아찌에서 텔레비전을 뒤적이는 남자
공들여 화제를 고르는 남자
가지런한 수저 위에 에로영화를 줄 세우는 남자
화면에서 깊은 밤을 꺼내는 남자
런닝 차림으로 연애 거는 남자
종료 버튼을 온몸으로 못 박는 남자

맞춰보고 싶은 속내를 외면하는 남자
속내를 맞추고 싶은 아내의 남자

비가 글썽이는 밤엔
곰으로 회귀하는 일상다반사적 아저씨
재방송은 언제쯤 끌 수 있을까요?

규화목

고장 난 승강기에 갇혔을 때
비상 버튼이 묵묵부답일 때
목덜미를 덮는 머리카락이 어둠을 파고들 때
모기 소리가 갇힌 허공을 파헤칠 때
배터리도 먹통일 때

방범등마저 깨진 골목을 떠올릴 때
아직 식지 않은 치킨 냄새를 골목이 따라붙을 때
이 와중에 등이 뱃가죽을 끌어당길 때

호러영화에서 좀비가 튀어나올 때
그림자가 사라진 나무의 바깥을 견디며
올이 나간 무릎을 끌어안을 때
기대에서 멀어지는 월급명세서를 떠올릴 때
사직서가 안주머니에 갇혀있을 때
선을 넘는 달세가 막막해질 때

당신의 단단한 암흑 속에서
내가 깜깜한 무늬였다는 것을 깨달았을 때

고요한 어깨로 건너가는 두만강 푸른 물에

안개에 잠겨도 되는 나이라고
눈이 침침해도
노래하라고 했다
노 젓는 뱃사공의 강물로 흘러보라고

졸고 있는 그에게
흘러내린 리모컨을 쥐어 주었다
밤이 깊어도 지직거리지 않아요
자주 잠드는 그를 가요무대에 올려주었다
안개꽃 너머가 들리세요?
침침한 귀로 그는
푸른 두만강을 건너가고 있다

어깨를 내주고도
사랑한다고 말한 적 있었나
깊이를 알 수 없는 안개의 수심이
뿌옇게 감긴 달을 열고 간다

고요한 어깨로 기대온 그 배

부밍*

담벼락을 파고들 기세다

요란하게 한밤을 두드리는 소리에

웹소설을 읽다 중요한 대사를 놓친다

전생으로 회귀한 그녀는

어느 장면으로 빠져나간 걸까

꽃가지에 이생의 옷깃을 걸던 참인데

슬그머니 주인공이 사라졌다

문 밖엔 아무도 없다

설레는 대목에선

방해하는 뭔가가 꼭 있다

소리 방향으로 끌려가는 귓등

경량 골조 지붕은 몰입을 흩어놓곤 한다

손바닥에서 잃어버린 본편

아귀가 맞지 않는 다음화가

피다 만 꽃 주변을 끈질기게 서성이고

까마득한 잠은 어둠에 휩싸인다

모든 소리를 죽인다

무섬증 직전엔

* 실내에서 낮은 주파수 성분의 소리에 특별한 음색이 울려 들리는 현상

이름들

호명되지 않는
생이가래 부레옥잠 부들이
쓸려왔다 사라진다
떠내려가는 무섬증이
왈칵, 두서없이 몰아친다

뻘은 어디서 그 많은 풀을 끌고 왔나?

어떤 가계든
딸려 나올 것 같은 수문들

휩쓸리는 강이다

물살의 뒷모습이 떠내려간다
하구에서 명부를 뒤적인다

뒤섞이지 마라!
옥잠에서 부레를 꺼내
가라앉는 당신에게 던진다

쓸려온 이름들을 건져 올린다
수초는 수면을 흘려보내고

강, 나르시시즘

강둑에 노파가 앉아 있다
꽃무늬 우산 아래
강물에 떠가는 자신을 뚫어져라 바라본다

물그림자 끝에 닿은 무늬가
나풀대는 숨소리를 적시고
어제의 폭우보다 두꺼운 물줄기의 표정을
당겼다 풀고 있다

물살의 갈피마다
앞서거니 뒤서거니 흘러 다니는 노래 몇 소절
찰방찰방 지나온 변두리를 들추고 있다

주름진 물비린내에 눈물을 헹군 노파가
타박타박 돌아가는 길
옆구리에 끼고 온 물안개에서
하나둘 분홍꽃무늬가 피어난다

2부

화요일의 목록

눈이 내릴 것 같다
이웃의 목록에 비닐하우스를 저장한다
택배가 오지 않는 날이다
불현듯 먹고 싶은 짬뽕은 읍내에 있다
나와 읍내 사이에는
배달 불가의 방어벽이 있다

바람을 뚫고 당도한 읍내 장터
중국집 문은 닫혀 있다
눈을 찌르는 앞머리가
낭패로 치렁이는 화요일
미용실마저 쉬는 날이다
불 꺼진 싸인볼 아래
길고양이가 털 고르듯 뭉쳐진 눈발을 굴리고 있다

그러니까 아버지와 엄마가
별거 아닌 일로 다투기 좋은 날이다
치매방지책이라고 동생이 일러준다
꾹꾹 눌러 쓴 트집들이
믿고 싶은 줄거리를 지어내고 있다
친애하는 당신과 나
엄마와 아버지의 다정을

>

비밀 같은 눈이 날린다

가래와 삽 너머로

택배 안부가 궁금해진다

누가 나에게 요일을 배달시켰나

화요일에 걸린 시계가

여섯 시 칠십오 분을 가리키고 있다

β 웨이브

몽돌이 한낮을 굴러다닌다. 귓등을 맞댄 물결로 밀려갔다 물살로 밀려온다. 옆에 누운 그녀가 코를 곤다. 고고한 웨이브로 하루의 반 바퀴를 잠수하고 있다. 바닷바람과 주고받은 낮술이 심해로 잠수하는 잠. 학익진을 펼치기엔 해수면이 너무 깊다.

잠수복을 벗고 그녀가 뭍으로 돌아온다. 몸에 감긴 바닷말을 걷어내느라 한숨도 못 잤다고. 서로가 퀭한 아침. 모래밭을 맨발로 걸어본다. 잠이 쏟아지고 해안길은 속도가 나지 않는다.

방파제를 쌓아야 할 네게 오늘 밤 쓰나미로 덮칠 베타파 코골이를 예보한다. 나는 아가미를 베개 쪽으로 엎어두고, 지느러미를 이불 속으로 접어 넣고,

감귤

극조생의 여자가
접힌 허리를 껴안은 채 날숨을 놓치고 있다
호스피스 병동은 안개등을 밀어내고

뚫린 물관에 닿기까지
속씨를 들여다본 적 있나
원시림 같은 각질을 뜯어내면
한겹 한겹 처녀성으로 둘러싸여 있다

새콤달콤 들숨을 불어 넣는다
잠이 잦아드는 여자가 유순한 눈을 덮기까지

귤젤리가 식물도감 같은 여자의
혀끝에 감겨 있다
창밖으로
삼월의 폭설이 철없이 짓무르고

마중

　입구를 몇 바퀴째 헛돌고 있었어 그녀는 약속 시간도 잊고 안방에 박혀 있어 진눈깨비가 이팝꽃처럼 얹혀 있었어 몇 달 만의 볼 주름은 더 패여 있었어 거울이 미간을 찌푸렸어 나이가 문제야 마주보고 웃었어 오랜만이라서, 주고받는 말이 하오의 길목 너머 나갔다 들어왔어

　진눈깨비가 멈추지 않는 밤이었어 해바라기 금전운에 파묻혀 발끝이 시린 것도 잊고 있었어 몇 해 전부터 떠도는 이야기는 고개를 끄덕이고, 목울대가 움푹 패인다는 말을 들어도 놀랍지가 않았어 이젠 네 차례야 입구를 찾는 시간과 불판의 세기를 조절하지 못하는 우리는 한쪽 면만 타버린 편마늘 같았어 서로의 무릎을 끌어당기자 눈발이 토닥토닥 이팝을 감싸주었어

도색하는 안녕들

민들레가 낮은 음계로 걷는다
무늬를 풀어헤친 외벽에
색맹이 된 솔이끼가
밤새 윙윙거린다

이젠 불지 마
음소거가 되지 않는 휘파람 탓에
내 사랑이 초라해졌어

참새떼 재재 부르는 노래도 당분간 안녕
눈에 띄게 습해진 유리알도
푸르렀던 호흡의 거미줄도 안녕 안녕

미끄러지는 줄눈을 건너뛰며
발 빠른 누수가 지워진다
무채색 낯빛만 두꺼워진 나도
이젠 안녕

초벌 붓질에
덧칠된 꽃잎의 그림자 한 겹
속수무책 노랗게 밝아지고 있다

황반변성

중심부터 희미해져요
좌측통행을 하던 발자국들이 잘 안들려요
막대기가 탁 짚습니다
엎어둔 대접 같은 숫자 3은 오른쪽이 두 군데나 막혔어요

철저하게 세 끼를 챙겨먹어야 하나요
어젯밤부터 굶었어요
숫자 3은 믿고 싶지 않은 진단을 향해 가요
배고픈 건 문제가 되지 않아요
어둠 속엔 모조품 같은 지렁이들이
스멀스멀 흐르는데

왼쪽 눈을 가리세요
누군가가 왜곡된 오른쪽 벽에 기대 있네요
비행기 등짝에 붙은 나비 같아요
폭우에 흐릿해지는

양쪽 시야에서 숟가락을 떼자
또각또각 멀어지는 당신
기호와 당신을 외워둘 걸 그랬어요
퇴행되는 손을 흔들어요
그나마 흔들림 없이

꽃그림자 증후군

툭툭, 손목에서 소리가 난다

뼈마디 휘어진 터널에선
봄결을 따라 지압해야 한다
너에게 닿는 세세한 거리를 짚어가며

열꽃을 다 태울 때까지
탈 없이 당도할 수 있을까
터널이 달아오르는 꽃등을 지나며
저렇게 달아오르다간
심장이 터질지도 몰라, 벚꽃은

방 안에서 가지 끝으로
더듬더듬 나아가는 통점의 변주곡
후득후득
밤비가 손목을 훑고 지나간다

후유증을 고백할 시간
어두운 꽃그림자에게
마디마디 터널증후군에 대해

동백의 투석

겹겹 치맛단이 포개진다
폭설에 파묻힌 꽃대궁을
함부로 뒤흔든다

울음처럼 번지는 열꽃의 끄트머리엔
눈그늘이 펼쳐져 있다
웃자란 루머처럼 붉은
동박새 한 마리
흰 보폭의 혈관을 헤집고
꽃대마다 검은 부리를 입 맞추고 있다

이제 꽃이라 부를 수도 없는 꽃자루가
제게로 당기는 들숨

홈염의 날숨은 자꾸만 옆구리로 흘러내리고

일자형 저녁 6시의 소파

아마, 울고 있을 것이다

무릎 뒤쪽에 숨겨진 하얀 통점이
종아리 아래로 흘러내리고

그녀는 가지런한 맨발의 액자
몇 방울의 우울에 갇혀 있다

푸른 테두리의
일자형 저녁 여섯 시에 엎드려
숨죽여 울고 있다

벽을 타고 미끄러지는 모서리들
눈물샘은 불 꺼진 당신을 끌고 오는데

눈꺼풀에 멍이 쌓이고
읽을 수 없는 무늬들
슬픔의 간격을 뜯어내고 있다

일자형 소파에 얼굴을 묻은 데이지 한 무더기가
그렁그렁 꽃잎을 떨어트린다

>
액자에서 자란 그녀

당신의 바깥을 잃었을 것이다

겹무늬 블라인드

블라인드에는 빗살무늬 구름이 떠 있습니다 별일 없나요 어떤 시간을 지나는 것입니까 새벽은 곧 택배의 월요일을 문 앞에 놓아둘 겁니다

뜯지 않은 화수목금토일이 방의 무게를 늘려갑니다 불면을 펄펄 끓인 냄비가 저녁상에 오릅니다 카드명세서가 숨을 골라 쉽니다 창틀에 꽂히는 빗소리가 웹소설 한 페이지에 머뭅니다 당신의 지갑에서 빠져나가는 신용카드는 어둑해진 가방 속에서 침묵합니다 설거지가 요란해지는 내역에 잔소리가 추가됩니다 동시에 쥐게 된 다발적 증상입니다 금목서 향이 눈앞에 노랗게 번지고 있습니다

뜬구름이 겹무늬로 걸터앉은 블라인드 너머, 뜯지 않은 변명이 소리 없는 발자국을 남깁니다

사과의 속내

까만 민낯이 드러난다

버려질 속내로
차곡차곡 쌓았을 짓무른 흔적
곰팡이 슬은 장마를 칼끝으로 도려낸다

꽃등을 켜고 비탈을 버틸 거라고
돌풍을 붙들 울타리를 칠 거라고
새로 난 가지가
베어 문 검은 씨앗을 천천히 삼킨다

갈 데까지 가 버려!

등돌리고 싶던 겨울이 잔가지를 흔든다

덜어낼수록 짙어지는
사과나무의 표정만 기억하기로 한다

당신은 안녕한가요?

별, 별, 별자리

천장을 올려다본다
별자리가 수북하다
대낮의 발바닥은 뜨거웠다고
밤 같은 낮을 당겨보라는
엄마의 귓속말 너머
무수한 은하수가 내려앉는다

페르세우스와 안드로메다는 부부예요
해설사의 목소리가 오후 두 시를 넘긴다

몇 시간은 더 더울 텐데 여기 눌러 살까
소곤거림이 허공으로 흩뿌려진다

가물가물한 신화와 별자리 사이에서 졸고 있는 아버지
오늘 걸어온 길을 천장에 매달고
안드로메다쯤 가 있을까
아홉 살 조카는
페르세우스와 메두사의 영웅담에 진지해진다
친정 식구들과 별자리를 올려다보는 지금
천장에서 흩어진 소행성이 낯선 우리를
가로지르고 있다
흩어졌다 모였다 흩어졌다
예고 없이 머무르기도 하며

링반데룽*

추궁 바깥에
듣고 싶은 모음과
듣기 싫은 자음이
얽혀 있다

풀이 바닥으로 보일 때
바퀴의 속도가 도랑에 거꾸로 박혔다
무성한 풀이 바퀴를 끌어당겼나
목격자는 황급한 눈알을 굴리며 침묵한다

요점과 요점 끝
말과 말의 변명이 부딪친 곳에서
앞과 뒤를 분간할 수 없는 폭음은
빠져나올 수 있을까?

본색을 드러낸 안개등이
링반데룽에 안개를 가두고 있다

* 방향감각을 잃고 같은 지점을 맴도는 일

파라핀

생각해 본 적 없다
손끝에서 멈출 수 있다는 걸

골든타임은
놓치고 나서야 매달리는 징후

실핏줄은 통점을 들썩이고
손마디들이 주저앉는다

뼈를 파라핀에 던져 넣으며
뒤틀린 곡선을 바라본다
꾸득꾸득 밀랍 되는 퇴행성 코드

손가락의 뼈마디를 추켜올린다
촛농 위에 떨어지는 촛농
자맥질 위에서 임계점이 시작된다

일그러진 변명들은
앉은 자리의 늑장을 견뎌야 한다
심연이 굳어가고 있다

3부

모기

피를 나누고 싶을 만큼 떨리는 당신이
또 있을까요

서툰 날개를 모으고
겹눈을 부풀린 채 굽어봅니다
머리보다 높은 곳에서
레이더에 걸린 당신을 맴돌기로 합니다

고해성사가 끝날 때까지 고백은
닿을 수 있을까요
두 손으로 감싼 심장을 향해
파르르 떨리는 휘파람처럼

물고 물리는 관계는 구체적인가요
아랫입술을 포개면
윗입술도 달아오를 거라서
해명의 경계에서 함부로
열꽃이 피어납니다

피가 섞일 만큼
떨리는 당신이 또 있을까요?

람세스 2세

이마에 모래바람을 불어넣는
나는 노랑나비예요
당신으로부터 당신을 훔칠 거예요

눈을 떠봐요
물안개 빽빽한 해류를 거슬러 올랐어요

당신을 따라
겨울과 겨울이 얼마나 지났는지 몰라요
수풀을 거쳐 당신 곁이에요
날개를 포갠 첫 여인이 되어서야
당신의 당신이 되어요
무성한 턱뼈를 건드려 보아요
심장에 핀 곰팡이는 당신의 전생일까요
눈을 감으면 다시 당신 곁이에요
고대를 건너온 날갯짓은
여러 생을 전전한 사랑
환생한 당신을 화인으로 남겨요

남천

지저귀는 잎들은 붉은 부리에게
절반도 다가서지 못한다

어느 곳에서도 접점을 찾지 못하고
돌아설 때
눈발은 목울대 너머로
휘어지며 내린다

마른 목소리로 사운대는 어스름
뭉쳐진 말들이 발밑에 뭉그러져 있다

재재거리는 초록 목청은
그늘에서 눈초리를 접지 않았다
언 땅의 자국을 녹일 수 없어
묵묵히
알 것 같은 바닥을 당겨보았다

여전히 알 수 없는 당신의 붉은 침묵을
천천히 접었다 폈다 접는다

솔라닌

제발,
생감자를 냉장고에 넣지 말아요

갓 찐 화요일처럼 포슬포슬한 날엔
웃는 입주름에
맞주름을 포개고 싶은 날도 있었어요

당첨을 꿈꾸던 봄은 기억을 잊어가요

삭은 파김치를 꺼냈어요
움푹한 감자의 눈 위에
돌돌 말린 심사를 얹을 생각은 말아요

으깬 달걀을 면사포처럼 덮어쓴
감자샐러드를 차렸어요
서슬 퍼런 등판의 기세를 긁어낸 자리가
입을 다물 때까지 오물오물 맛있게 다독여 봐요

으깬 감자를 즐기던 때도 있었잖아요
그러니까
냉장고 코드를 뽑아버릴 순 없어요
익숙하진 않겠지만
익숙한 입맛이 돌아올 때까지

파들파들

쪽파들이 손바닥을 하늘로 치켜세우고 있다
손금을 간지럽히는 촉, 촉들
볏짚을 들추기도 전에
밑바닥을 움켜진 잔뿌리가 파들파들

거친 계절을 밀어내는 마디들이
진저리를 치고 있다
젖지 않고도 살아남은 대지에서
양순음으로 뱉어내는 '파'
데시벨이 한 겹 두꺼워진 저음으로
솟구치는 공중을 향해
웅크린 밑바닥을 짚고 일어선다

땅의 내막을 온몸으로 밀어올린다
쪽파들이 파들파들
삼동을 보낸 나와 당신 사이

아버지는 부재 중

아버지의 직업란은 비어있을 때가 많았다

"잊을 수가 있을까
이 한밤이 새고 나면……"
잊을만하면 담벼락을 울리는 18번을 따라
일몰은 단단한 그림자를 뱉어내고 있었다

엄마의 부업은
색색의 양초에 은박지를 감는 일
불어볼 수 없는 생일양초들이
방바닥을 차지할 때
발로 스윽 밀어내던 일기장에 촛불을 켜곤 했다

막다른 길을 들락거리던 아버지의 주정이
밀린 급식비를 팽개치던 아침이면
반 토막의 칼처럼
뎅겅, 유월은 동강났다
바람이 닫히기 전
제 목에 비수를 꽂던 뎅강나무는 아직
목숨꽃이 피어있을까

잘 먹고 잘 사는 엔딩은

왜 늘 일관적인지
수의 같은 꿈을 입고
비고란 속 직업란을 펼칠 때마다
술에 절은 아버지의 등 뒤에서
엄마의 달팽이관은 자주 흘러내렸다

과거형의 아버지를 덮고 눕는다
문을 열어두었던 낮은 환해지지 않는다

꽃물

눈 뜬 이유가 제각각이어서
눈 감을 땐 무작위로 내려앉아요

발끝이 닿은 흙바닥에서
보이지 않는 먼 길까지
두근두근 한철 흩날리고 있을게요

옴팡지게 핀 꽃의 기록들
얼굴을 숨기고도 눈이 마주친 나는
무릎이 맞닿았던 그날
꽃숨의 낙법을 허공에 매달고

가까이 다가와도 좋아요
닫힌 창 구석으로 서 있는 나는
그루그루 꽃잎 휘날리며
분분 나서는 길을 꿈꾸어요

꽃무늬로 물든 골목에서
우리, 물들 수 있을까요

비닐하우스가 보이는 My하우스

비닐 지붕과 비닐 담으로 가려진
My하우스
동굴 구름이 가로지르는 골 사이로
깻잎향이 들이친다

빼곡한 깻잎 섬에서
물새들이 초록 깃털을 다듬는다
삼 년째 깻잎을 따는 '차완'이
물든 손톱을 물어뜯으며 썰물로 흘러간다
이국의 인부들이 떠난 들녘엔
여름지평선만 이글거린다

비닐하우스 앞
전망 좋은 My하우스
오디오 볼륨을 올리면
방풍림으로 에워싼 비닐 섬들이
조명탄을 쏘아 올린다
캉캉치마를 흔드는 깻잎 순들은
열두 폭 주름을 부풀린다
깻잎치마로 갈아입은 '차완'이
챙 넓은 농을 벗고 무대 위로 올라간다
박자를 놓친 비닐창이 리듬을 탄다

묘박지에 정박한 여름밤이 깨어난다

브레이크 타임

정오의 오차를 건너는
낯선 길

출발하는 직행버스에
성큼 올라섰어

라디오 음악소리가 유난히 들떠있다는 생각이 든
그때서야
노랗게 따라붙는
질린 낯빛의 유채를 보았어
곁가지 사이 허둥대는 지붕이 점점 낮아지고
꼬드긴 봄볕에 멀미하는 유리창

밀양행이 아니었어

깨진 시간을 잘못 짚어온 발걸음이
들어선 창녕

하여가 두어 곡 서성이는 낯선 정류장
'이모 도나스' 이모가 갓 튀겨낸 꽈배기 한 입에
배배 틀린 심사가
꼬인 숨을 크게 들이켰어

\>

일탈의 거리에서 쉬어가라고
브레이크 타임을 열어젖힌 고장난 화요일이
두근두근 서막을 올렸어

철쭉의 무릎

지는 꽃은 서로 닮았다는 것

안개비가 까무룩하다
작대기 쥔 팔부능선에서 울 것처럼 웃었다
다시없을 꽃길이라면
용서할 수 있어
모자를 눌러쓰며 말했다
진달래인지 철쭉인지
막막한 돌계단 위에서 모롱이가 말을 건다
두 갈래 길이라면 어느 쪽에 끌리겠니?
철쭉과 진달래의 뒤섞인 표정을 읽는다
꽃들의 국경을 넘나드는 물안개가
꽃받침의 경계를 뒤섞는다
능선이 눅눅하다
빗물받이를 오래 한 꽃술이
막숨을 내뱉는다

알고 있지만, 서로 견딘다는 것

양지

화분이 없다
손목을 긁다 꽃대가 말라버린다
베란다에도 양지는 보이지 않고
방은 한겨울이다
벽 너머 휘파람이 들려온다
튼 아랫배에서 미혼모의 달이 이운다
선인장을 버린 골목은 잊기로 한다
음지엔 검은 삭이 자라고
아이의 자폐가 제 손가락을 꺾고 있다
박쥐는 아직
동굴의 날개를 펴지 않을 것이다

버려진 등을 껴안고
초하루를 빠져나온 초승달
굽은 손가락을 펴고 있다

아이가 꿈이 꺾인 태양을 굴리고 있다

굿모닝! 폐곡선

뒷바퀴를 따라 아침의 무늬가 열린다 '모닝'이 시동을 걸면 잠겨있었던 길이 풀려나온다 오늘의 운세가 막다른 길에서 헤매는 것일까 종잡을 수 없는 일기예보는 하루의 무늬를 엉클어놓기도 한다

일차선에서 비껴가던 눈동자와 마주칠 때, 건너편의 아침은 무표정이다 신호등과 엇갈리거나 길의 표면을 놓칠 때, 땅바닥을 짚은 발바닥이 아주 잠깐 공중에서 돌아오기도 한다

굿모닝! 전방을 주시하며 저녁의 폐곡선을 다시 연다 내비게이션 없이 집으로 똑바르게 돌아오는 길을 찾을 수 있을까 앞서거니 뒤서거니 따르는 일 어제와 어제의 결이 똑같은 날은 없다 해거름에 접힌 오늘의 운세가 미세안개를 걷어낸다 '모닝'에 옮겨 붙은 노면이 짙어졌다

카페 더 뷰

뷰 좋은 카페는 빈자리가 없다
오색전망이 갇힌 귀퉁이

비 맞은 숲이
무성한 창 너머
의자의 표정을 들여다볼 것이다

면발 같은 수다 속에 치렁치렁
빗물이 걸리고
클레마티스 덩굴 위로
빗방울이 스며든 잎을 센다

말꼬리에 밟힌 우린 점점
말이 없어지고
구석진 자리에 앉아
이만하면 충분해
각얼음에 박힌 너를 휘휘 젓는다
뷰의 절반이 줄어든 찻잔을 기울인다
해가 질 때까지
이름값을 비껴가는 '더 뷰'

기다린다는 건 랜덤 같아
5월과 5월 사이
뷰 좋은 카페는 뷰가 없는 날이 더 많다

미완성 트릭

나는 배경이다
둥그랗게 오므린 손바닥 위에
교각 조형물을 올려놓고

밤하늘을 가로지르는 마른번개가
건너온 다리 위로 건너가고 있다
무엇을 빠트리고 갔나
번쩍, 바닥을 훑다 이내 사라진다
렌즈에 순간을 담으려는 네게
바짝 귀 기울이면
다시 하늘을 뚫고 사라지는 빛

공중으로 더 올려봐

손바닥을 잠깐 공글리는 섬광 앞에서
나는 전시되고 있다

별꼬리하루살이의 남은 생으로부터 멀어지기 위해
피사체로 담아둔 몇 컷의 트릭,
나를 아슬하게 던져주고

방바닥에 펼쳐진 폭풍전야 수십 컷

번개와 마주한 조리개의 눈빛이
여름을 꿰뚫는
컷과 컷 사이

나는 미완성 트릭이다

4부

화양연화

굵은 목 위에 물뚱뚱이가 웃음소리를 얹어 두었다. 두툼한 입술로 수백 번 필사한 아. 에. 이. 오. 우. 물 먹은 계약서를 되새김질한다. 빛을 가려야할 볕 한 줌, 혀끝에서 숨을 굴린다.

투엑스라지 원피스를 밀어 올리는 시폰 밑단 아래. 원통형 종아리로 평정심을 지탱하고 있다. 작은 귀를 팔랑이며 콧구멍을 벌름댄다. 글래머 말투를 한 옥타브 올릴 때마다 짧은 꼬리로 의자를 끌어당긴다.

갈퀴 달린 손가락들이 탁자 밑에서 찬란한 한 때를 움켜쥐고 있다. 약관을 읽는 눈초리가 마지막 문장에서 서성인다. 늪을 밀고 온 하마의 걸음이 뻘을 버티고, 생명을 담보한 계약서가 정글을 주시하고 있다.

사라진 시간

자물쇠를 걸어요

문고리를 뜯어낸 시간이 달아나요
호스에서 터져 나오는 지난밤이
재빠르게 문턱을 넘어가요
사나운 꿈자리는
빗자루에 쓸려나갈지도 몰라요

수첩에 엄마가 적혀 있어요
나무보다 숲을 보라던 엄마는
젖은 나무 아래 누워 있어요
엄마로 살아본 적이 없는 엄마는
엄마를 읽을 수 있을까요

사라진 문고리를 엿보고 있어요
낙서 왼편에서 걸어 나가는 그림자는
몽유병인가요
잠자는 엄마를 끌고 구석으로 달아나요
그림자가 두 손으로 입을 틀어막아요

젖은 양말이 문고리에 감겨있어요
평행을 달리던 발목은 점점 가까워져요

거기, 괜찮은가요

반쯤 오른 계단에
젖은 빨래 소리가 묻어 있다

요즘 세상에 물레가 어디 있겠냐고
당신은 닫힌 울대로 질문을 던진다
남루한 너는 어디로 가버렸나
뒷골목에서 흐느끼는 계단이
환청으로 출렁이고

손가락을 쥔 펜이 꼼짝도 않는 밤을
견딘 적 있나
이끼 낀 침묵이 무릎을 굽힐 때마다
반 박자씩 우물거리는 계단은
물기 묻은 변명도 하지 않는다

계단 끝에서
향방을 고쳐 앉은 거기,
편안한가요?
부끄러운 안부를 건네도
돌아앉은 노래는 돌아오지 않는다

남포리

관계를 재구성해 봐요, 우리
남은 잔에 일렁이는 산그늘을 꺼내

맞주름이 화악 번지는 당신
눈웃음을 치고 있었나
되짚어 봐도 떠오르지 않는다

지난 폭우에 미뤄진 약속을 막무가내로 밀고 들어오는,
거기 앉은 당신이 궁금하지 않아요
남폿불 심지 돋워 매달린 낯빛

곶감 좋아하세요?
예전엔 줄줄이 감밭이었는데

남포리를 끼고 흐르는 데이지가
창밖에서 건성건성 출렁인다

낯선 사람과 앉아 있어도
어색하지 않은 나이가 있나 봐요

의자를 끌어당기는 초여름 탁자에
불빛이 고인다

약속의 실마리를 풀기엔
꽤 괜찮은 거리에 있다고 밀고 당기며 웃었다
카페 바깥으로
가랑비는 어디론가 내달리는데

아주 가끔
심장에 당겨지는 남폿불이 푸홋 흔들리고 있다

재즈 그리고 겨울

네가 살던 집은 어느 쪽이었는지
지나치는 골목길에 재즈 바가 있었고
마음이 추워지는 계절이 엇박자에 감기고

비가 오고
살대 부러진 우산에 어깨를 숨긴다
가로등이 고장 난 변두리
누군가 듣기는 할까
재즈 바에서 끈적이는 마이크가 노래를 부른다

우산을 접는다, 비가 그쳤다
집으로 가야 하는데
네가 사는 집은 여전히 알 수 없다

조명이 고인 동심원에서
후두둑 빗발이 퍼져나간다

알로이 뺑뺑

빨간 화요일이 펼쳐놓은 통나무와
덩굴장미가 창문을 그리는 지붕 아래
초록 의자가 놓여 있다

타이풍 바람이 정오를 몰고 온
창가에 앉아
마가렛 향이 우러난 쌀국수를 먹고
오를 땐 보이고
내려올 땐 보이지 않는 층계를 내려온다
'계단을 조심하시오'
시간을 삐걱이는 경고문 앞에서
발목 접질린 꽃잎 하나
투명한 거울을 건너지 못하고
팬터마임 속에 주저앉았다

코끼리가 반기는 오월
살갗을 부풀리는 타이풍 노래에
흰 마가렛이 보내는 짧은 인사도 잊고

후룩후룩 절름발이가 된
한낮, 태국식당의 뜨거운 만찬

화원 No. 19

알 수 없는 말씨들이 꽃밭에 가득하다
네모네모 궁금증을 만들어내는 네모 칸이
미궁에 갇힌다
괜찮다고 말해주었지만 괜찮지 않았다
목소리가 숨어버린 비대면 화법이
부고장에서 골똘해진다
느슨해진 허리둘레는 허리 밖에서 헛돌고
정원 밖으로 나갈 수 없는 말줄기가
신발 속으로 뻗어간다
책장을 덮는 방식은 잊어버리지 않은 걸까
닫아버린 말문 앞으로 재난문자가 당도한다
홑씨에 갇힌 말의 씨앗들
언제까지 멈춰야 하나
돌아서지 말자는 너를 돌아본다
겹겹 쌓이는 네모 칸의 당신을 두드린다
실행해도 될까요?

여보세요?
여 보세요
여보 세요
여 보 세 요
여 보 · · · ··· ··· ····

>
투명한 기억이
유리 밖에선 떠오르지 않는다

산책의 무게

매화가 화농을 매달고 있다
골목과 골목이 마주치는 곳에서
꽃가루가 흩날린다
무게가 터트리는 물꽃들
순식간에 봄이 사라지려나 봐

지붕과 지붕 사이
편애한 들고양이와
기지개를 켜는 매화꽃 사이
산책은 아직 유효하다

출렁이는 벌새들이 꽃대궁으로 모여든다
꽃 조명은 희끗한 머리카락 끝을 잘라낸다
이마 잔주름 두어 개도

봄의 걸음걸이가 귓속말을 한다
상심할 화농의 봄,
떠나버린 그의 무게는
아주 잠깐 무거워도 괜찮다

들고양이와 담장의 대화를
꽃그늘이 소복소복 담고 있다

얼음 스크래치

멍들었다고 다 썩는 건 아니다

오른쪽으로 몰려있는 두 눈이
왼편으로 밀어내는 마른하늘
단칼의 허공이 도마에 내려꽂힌다

통영 어시장 좌판 위에서
제 몸에 닿는 죽음을 한 마디씩 지워가는
도다리 한 마리
세상의 바닥이 된 물비늘로
바닥보다 더 낮은 바닥을 파고든다

이승을 저민 살점들이
가지런히 버티는 댓잎 위

오래 울고 난 마지막 상처가
끝끝내 묵언을 새기고 있다

조감도

책상 위에 뷰가 펼쳐져 있다. 실선 사이를 유영하는 넓거나 길쭉한 창틀. 벽마다 직선과 곡선이 지워졌다 생겨난다. 평수에 갇힌 도면 위로 연필이 굴러다닌다. 도르르 말리는 생각을 펼치는 동안 창을 맞대고 앉는다.

상추가 자라는 소담한 단층. 분홍찔레나무가 아침을 여는 집. 현관문을 열어젖히면 다락방이 사다리를 오르고, 끌어 모은 볕이 안개를 걷어내는 마루. 식탁에 둘러앉은 새 소리, 느티의 귓속말. 뒤란을 드나드는 댓잎들. 평상에서 웃음소리로 뒹구는 아이들. 해먹이 아름드리나무의 허리를 간질이는 곳.

오월을 들썩이는 청사진이 나를 잡아끈다. 울타리의 나이테를 더듬다 한발 물러난다. 흰 머리칼 덥수룩한 거울이 나를 들인 변두리 설계사무소. 변방에서 굴리던 연필로 천창을 하나 지운다. 한 뼘 좁아지는 지붕에서 삼중창이 이중창으로 줄어드는 조감도.

절제된 '쓸쓸'이 깃들어 있다.

소와 花요일

또 뛰쳐나간다
마늘밭 유채밭
어린 종아리로 우두둑 밟아놓고
새벽 난간에 걸린
꽃 무더기가 서 있다

걸음의 행방이 여섯 시를 일으키고
찔레는 와자한 소동을 피워낸다

비뚱비뚱 퍼지른 송아지 똥
뛰쳐나온 울음 반나절이
꽃 피는 쪽으로 돌진한다
촉을 세운 가시가 잔등을 겨냥하면
어미소의 웃자란 주름이 깊어진다
흙빛 눈을 끔뻑이던 花요일의 뜀박질

흙을 버린 지 칠년
제 아내와 새끼를 끼고 외아들이 들어온다
풀린 목장갑 너머
어지럽다
낯선 꽃자국들이

종이, 컵

포크가 종이컵을 넘어뜨린다

엎질러진 물로 쓴 글씨체가
알다가도 모를 밑바닥부터 젖어든다
애초에 넘어뜨린 게 맞을지도
홀로 남아 질문을 헤아리는 동안
바깥은 어둑해지고
생강 조각은 명랑한 맛이 아니야
쏘아붙이던 뒷모습은
목요일과 목요일 사이로
흩어져가고

더 이상 젖을 수 없는 종이컵이
뭉개지는 목소리로 흘러내리고 있다
생각 파편이 손끝을 파고든다

붉게 덧칠한 그녀가
번져가는 물바닥
우리의 다정이 얼룩지고 있다

트로트의 취향

뽕짝은 치명적이지

여태 제 모습을 보여 준 적 없어
내가 만들 수 있는 건 콩나물 다섯 묶음이 아니야
유연한 각도로 높은음자리를 오르내리지
한 옥타브의 심장이 무너져 내리다가
두성을 뚫고 직진하는 하트가 되기도 하지

네가, 동백 아가씨라고 부르면 난 뉴진스의 디토를 불러
내, 네가 모란동백, 하고 부르면 난 밤비 내리는 양화대교
에 서 있지 네가 여자의 일생을 풀어내면 난 블랙핑크의 Ice
Cream을 추기도 하지 불끈거리는 오빠를 복창하면 폭삭
꺼지는 눈물비, 그러니 나를 비음으로 불러도 좋아 남도창
풍이거나 묵직한 동굴 풍은 네 취향

가설무대가 있는 구름 위에서 반짝이 리듬을 유혹할 거야
나는 미완의 네 박자
축음기와 스트리밍을 비교한다면 오로지 엇박자의 스캔들

행여 올 수 있다고는 생각하지 마
내가 할 수 있는 건 믹스보이스를 가다듬는 일
목포행 완행열차, 라고 하면 돌아와요 부산항에 라고 외

쳐줄래?

아모르 파티, 라고 하면 카르페 디엠이라고 대답할 거야

봄밤엔 안동역 출구에서 장기하와 얼굴들이 부르는 노래를 나는 목놓아 외칠거야 달이 차오른다, 가자! 방탄복 입은 소년들의 소우주를 소환할 수도 있지

떼창을 몰고 고작 하루만 불타오르진 않을 거야
그게 말이 돼? 상남자가!
몰입해봐
빠져들 수 있는 너를 나! 라고 불러줄래?

명찰

두 발 뻗고
두어 달 낮잠이라도 자볼까
잘린 목줄을 잡고 늘였다 줄여본다
양 끝을 잡아당겨도
꿈쩍도 하지 않는,
모퉁이부터 한 올 한 올 끊어내는
이름 끝에서
십오 년의 실마리가 딸려나온다

마당을 가로지르던 복층유리공장
작업복에 비친 얼굴을 맞대보거나
베인 생각을 투과시켰다

날마다 엇갈리던 전표도
시침 분침이 엇갈리던 야근도
목줄을 끌어당기던 유효기간 이었나
한 몸이 된 뿔테안경을 끼고
버티던 날들 이었나

끝내 숙련공이 되지 못한 세 글자
테두리마다 실밥 자국이 선명하다

\>

밑밥이 올올한 실금을 들여다본다
침침하게 틀어박힌 백수의 한낮
나는 부재중이다

당신들의 목록

— 박설하 시인의 시세계:『화요일의 목록』읽기

배옥주 문학평론가

당신들의 목록

— 박설하 시인의 시세계:『화요일의 목록』읽기

배옥주 문학평론가

1. 당신들이 조립한 표정

늘, 윗니를 온통 드러내며 가지런하게 웃는 박설하 시인. 안륜근까지 풀어헤친 그녀의 무방비한 웃음 앞에선 왠지 덩달아 순해진다. 박설하는『화요일의 목록』에서 시에 대한 열정과 진심을 담기 위해 오랜 시간 심장을 밝혔음을 고백하고 있다. 오래 불 밝힌 심장으로 써내려간 '당신들'의 목록을 펼친다. 그녀가 풀어나가는 '당신들'의 목록에는 밀당의 고수인 '당신들'과 시적 주체(시인)가 서로를 밀고 당기며 관계를 이어간다. 여기서 '당신들'은 현실 속의 타자인 '당신'이면서 현실 속의 자아인 '나'와 관계하는 존재들이다. 그녀가 이번 시집에서 건네주는 '당신들'의 스펙트럼은 굴절률이 다양한 '우리들' 모두를 포괄한다. 그녀는 파편화된 현대사회에서 부대끼며 살아가는 '당신들'의 다양한 문제를 감정 정화와 승화된 치유의 해학미로 형상화하고 있다.

현대사회는 다원적이며 상대적이다. 경제적 이해관계에서 정서적 유대에 이르기까지 복잡하고 유동적인 관계가 존재한다. 박설하의 시편들은 비판이나 경멸, 냉소보다는 치유와 화해의 긍정적 웃음을 통해 현대인들의 부조리와 무지를 깨닫게 하거나 연민이나 동정을 불러일으키기도 한다. 부정적인 현실까지도 긍정적인 삶의 활력소로 회복시킨다. 박설하의 시에서 드러나는 해학미는 다원성과 상대성을 향한 현실을 반영한 시적 도구로 활용된다. 그녀의 시편들은 내적 필연성으로 억눌림이나 고통의 자리에 존재하는 '당신들'을 해방시켜 정신적인 자유를 제공한다.

이번 시집의 중심이 되는 해학미는 시 곳곳에서 사려 깊은 웃음을 자아내게 하며 억압된 감정을 해소하여 카타르시스를 전해준다. 소설가 마크 트웨인Mark Twain은 인류의 가장 효과적인 무기를 '웃음'이라고 했다. 박설하는 자신이 가진 무장해제의 웃음을 '당신들' 뒤편에 배경으로 세워두었다. 시인은 각각의 시에서 불러 세운 '당신들'과 시적 대상과의 관계를 다양한 목소리로 들려준다. 그렇다면 그녀의 무수한 당신들은 어떤 표정을 조립하고 있을까?

2. 당신들의 바깥

박설하의 시편에서는 당신들의 안부가 궁금해진다. 그녀가 그려내는 '당신들'은 정서적으로 메말라가는 현대인의 전형적인 모습이다. 이들은 공동체나 개인의 관계 속에서 표면적으로는 웃고 있지만 슬픔이 겹쳐진 '웃픈' 상황을 떠올리게 한다. 웃기면서 슬픈, 그래서 더 먹먹해지는 웃음은 대상을 포용하는 정화의 역할을 담당한다.

나를 그을 수 있는 건 없다. 파유리의 약점을 찌를 거다. 손자국 없는 갈굼. 해고수당을 올릴 수 있다면 잔업쯤은 밀어부칠 거다. 이주노동자 노라와 공장장의 불법사생활을 움켜쥐고 컨테이너 휴게실에서 쩹쩹 샌드백을 간보는 나는 계과장. 기세등등한 공장장의 배짱을 벤치마킹한다. 근면한 밴딩벨트를 노려보며 내부고발! 중지를 날린다. 아무도 못 쓰는 월차를 쓰고 야근 따윈 뒷전. 하하하. 목청을 뚫고 들어오는 경고는 짧고 굵게, 내일 뱉을 독설을 예고한다.

나는 들개. 세치 혀로 김대리의 새가슴을 교란 작전에 끌어들인다. 달군 강화로에 뒷담화를 굽는다. 유리가루 덮인 불법을 들먹이고 하극상을 대리한다. 나직할수록 먹히는 독설로 현장을 휘젓는 나를 제압할 수 없다.

굶어도 괜찮다. 다만 허기진 배를 걷어차진 마라. 깨진 유리로 환각을 긋고 나올 때까지.
  -「수정유리 계과장」 전문

한동안 드라마 〈미생〉이 비정규직 노동자를 비롯한 직장인의 애환을 잘 그려내 직장인들 사이에서 화제가 됐다. '미생'은 살아날 여지가 남은 돌을 뜻하는 바둑용어로 이 드라마에서는 비정규직 노동자를 지칭한다. 드라마 〈미생〉 뿐 아니라 비정규직 노동자를 위해 고군분투하는 인권변호사가 결국은 서울 시장이 되는 설정의 드라마 〈퀸메이커〉, 비정규직 부당해고에 맞서는 직원들의 영화 〈카트〉까지 비정규직의 애환을 그린 영화나 드라마는 많다. 이는 비정규직 노동자의 애환이 깊다는 현실적 방증이다.

위 시에서는 '수정유리' 공장의 계과장이 오히려 자신보다 직급이 높은 공장장의 불법사생활과 유리공장에서 벌어지는 불법을 약점으로 그러쥐고 "내부고발"의 중지를 날리며 엄포를 놓는 하극상을 보여준다. "공장장의 배짱을 벤치마킹"한 계과장이 휴게실에서 쨉을 날리고 "샌드백을 간보"면서 "독설을 예고"하고 있다. 약자의 위치에서도 되려 당당한 계과장의 독설은 속이 시원해지는 대리만족의 카타르시스를 전해준다. 억눌리는 주체를 해방시켜 정신적인 자유를 추구하는 해학미를 보여주기 때문이다. 게다가 계과장은 김대리까지 끌어들여 교란작전을 벌이고 을의 입장에서는 하기 힘든 문제 행동을 서슴지 않는다. '들개'로 정의된 계과장의 성이 계씨인 것은 동일한 발음의 '개'를 연상시키게 하는 시인의 전략적 의도임을 간파할 수 있다.

'나'로 등장하는 계과장의 행동을 통해 발산되는 해학미는 간과할 수 없는 역설적인 울림을 준다. 그녀 스스로 비정규직 사원으로서의 동질감을 '나'인 계과장에게 이입해 지배층의 억압에 저항하는 동병상련의 정서를 웃음으로 형상화한다. 「수정유리 계과장」에서는 강자와 약자의 관계에서 사태를 뒤집는 의외의 가능성을 보여준다. 이는 이중섭의 그림《소와 새와 게》에도 잘 나타나 있다. '게'에게 가랑이 사이로 늘어진 불알을 물린 '황소'가 고통을 못 참을 때 '황소'뿔에 앉은 '새'가 조롱하듯 퍼덕이는 날갯짓은 강자와 약자의 기존 질서를 일탈하는 의미의 반전을 보여준다. 이렇듯 시인은 '일상의 구속에서 벗어난 자유분방함'을 나타내는 카니발Carnival을 통해 대리만족을 얻고 있다.

위 시가 현대 사회의 노동현실을 직시하여 부조리를 깨닫게 만드는 힘이 있는데 반해, 아래의 시 「아저씨」는 긴장과 이완이 공존하는 또 다른 정서의 해학미를 드러낸다.

늦은 저녁을 받은 남자
식어가는 국으로 리모컨을 데우는 남자
먹으라는 채근을 모서리로 흩뿌리는 남자
'지니'까지 애타게 불러대는 남자
마늘장아찌에서 텔레비전을 뒤적이는 남자
공들여 화제를 고르는 남자
가지런한 수저 위에 에로영화를 줄 세우는 남자
화면에서 깊은 밤을 꺼내는 남자
런닝 차림으로 연애 거는 남자
종료 버튼을 온몸으로 못 박는 남자

맞춰보고 싶은 속내를 외면하는 남자
속내를 맞추고 싶은 아내의 남자

비가 글썽이는 밤엔
곰으로 회귀하는 일상다반사적 아저씨
재방송은 언제쯤 끌 수 있을까요?
　　－「아저씨」 전문

웃음과 슬픔의 뿌리는 하나인 불이不二의 관계로 맺어져 있다. 위 시는 남자인 당신의 행위를 통해 해학적인 웃음을 드러내고 있지만, 남자를 기다리는 여자의 쓸쓸한 내면정서가 깔려 있다. 웃음을 가장한 쓸쓸한 현실을 직시하게 된다. 위 시의 '남자'는 화자의 남편이다. 지금 아내는 남편에게 늦은 저녁상을 차려주었지만, '당신'은 텔레비전과 리모컨과 한 몸이 되어 아내가 차려준 식사와 어서 먹으라는 채근까지 건성건성이며 TV시청 외에는 관심이 없다. '당신'은 "식어가는 국으로 리모컨을 데우"거나 "마늘장아찌에서 텔레비전을 뒤적"일 정도로 온통 텔레비전에 빠져 있다. 아내는 남편과 속내를 맞추며 밤을 보내고 싶지만 남편은 아내를 외면한 채 화면 속의 깊은 밤에 빠져 허우적댄다. 남편과 소통할 수 없는 막막한 아내의 눈에는 비조차 "글썽이"는 상황으로 다가온다. '글썽이는 비'에는 화자의 심사와 동일시된 감정이 실려 있다.

런닝 차림으로 TV화면에만 "연애 걸"고 차려둔 밥은 모르는 척 수저에는 손도 안 대고 "에로 영화를 줄세우"는 남편에게서 아내는 무엇을 바랄 수 있을 것인가? 더구나 비가 내리는 스산한 밤에 곰이 되어 텔레비전 속 동굴에 박히는 일이 일상의 다반사가 되는 남편의 아내는 재방송까지 섭렵하는 남편을 기다릴 뿐인 것을. 위 시에서 '당신'은 아내와 소통하지 않고 자신의 욕망을 자유자재로 끌고 다니는 가부장적 남편이다. 속내를 맞춰보고 싶어 재방송이 끝나길 기다리는 아내의 간절한 기다림은 남편의 일방적인 즐거움 앞에 무방비로 내던져진다. 하지만 아내는 자신이 마주한 현실 속의 '당신'을 '아저씨'라 호명하며 해학으로 이끌어낸다. 부부의 삶을 가치 있게 이끌어내려 애쓰는 화자의 모습을 통해 '당신'의 이기심마저 양면적 웃음으로 승화시키고 있다.

3. 훔치고 싶은 당신들

박설하가 써내려간 '당신들'은 가까이 가고 싶지만 차마 닿기 힘든 상대들이다. 시인은 '당신들'에게 한 걸음이라도 더 다가가기 위해 다양한 오브제를 차용한 메타포metaphor를 화자에게 걸어둔다. 다음의 시편들은 '모기'나 '노랑나비'가 된 화자의 다양한 행위와 감정을 통해 '당신'에게 화자의 의도를 직접적이거나 친숙하게 전달하는 수사적 장치를 활용하고 있다. 그녀는 가까이 하기엔 먼 '당신들'에게 표면적으로 드러나지 않는 의도를 알레고리 기법으로 전달한다.

> 피를 나누고 싶을 만큼 떨리는 당신이
> 또 있을까요
>
> 서툰 날개를 모으고
> 겹눈을 부풀린 채 굽어봅니다
> 머리보다 높은 곳에서
> 레이더에 걸린 당신을 맴돌기로 합니다
>
> 고해성사가 끝날 때까지 고백은
> 닿을 수 있을까요
> 두 손으로 감싼 심장을 향해
> 파르르 떨리는 휘파람처럼
>
> 물고 물리는 관계는 구체적인가요
> 아랫입술을 포개면

윗입술도 달아오를 거라서
해명의 경계에서 함부로
열꽃이 피어납니다

피가 섞일 만큼
떨리는 당신이 또 있을까요?
– 「모기」 전문

　알레고리는 전체가 총체적인 은유법으로 관철되는 기법
이다. 벤야민Walter Benjamin의 주장처럼 시 전체가 하나의
주제인 알레고리 기법은 세계를 바라보는 인식의 틀로 작
용한다. 표면에 형상화된 요소보다 이면에 담긴 내적 의미
를 더 중요시하여, 보이는 것보다 보이지 않는 개념이 더 우
위가 된다. 위 시에서 '당신'이 흡혈 해충인 모기를 반기지
않을 게 당연한데도, 화자는 자신을 여름이면 찾아오는 불
청객 '모기'로 규정한다.
　화자는 "피를 나누고 싶을 만큼 떨리"는 '당신'에게 감히
다가가지 못 하고 있다. 일방향의 사랑으로 "레이더에 걸"린
'당신'을 굽어보며 맴돌지만 '당신'에게 다가갈 자신이 없을
뿐더러, '당신'에게 인정받을 자신조차 없어 보인다. '모기'
가 된 화자는 감히 '당신'을 물지 못하는 소극적인 해충의 존
재로 스스로 자신을 '당신'에게서 먼 곳에 둔다. 위 시를 통
해 화자는 감히 닿을 수 없는 '당신'이라는 존재를 먼발치에
서 짝사랑하는 하찮은 해충 같은 존재임을 알 수 있다.
　화자는 '당신'을 자신의 레이더에 가둬두었지만 "고해성
사가 끝날 때까"지도 고백은 닿을 기미가 보이지 않는다.

설사 화자인 '모기'가 '당신'에게 닿는다고 해도 까딱 잘못하면 죽음을 당하거나 쫓겨날 처지다. 그러므로 "물고 물리는 관계"는 일방적으로 끝날 개연성이 아주 높다. '모기'가 된 시적 주체는 자신에게 달아준 "서툰 날개"로는 '당신'과 피를 나눌 수 없을지도 모를 미래를 두려워하며 용기 없는 모습을 보여준다. '당신'의 암흑 속에서 자신이 깜깜한 무늬였다는(「규화목」) 것을 깨닫는 것이다. 다음의 시편 또한 표층적 의미와 심층적 의미의 충돌을 알레고리 기법으로 보여준다.

> 이마에 모래바람을 불어넣는
> 나는 노랑나비예요
> 당신으로부터 당신을 훔칠 거예요
>
> (…)
>
> 날개를 포갠 첫 여인이 되어서야
> 당신의 당신이 되어요
> 무성한 턱뼈를 건드려 보아요
> 심장에 핀 곰팡이는 당신의 전생일까요
> 눈을 감으면 다시 당신 곁이에요
> 고대를 건너온 날갯짓은
> 여러 생을 전전한 사랑
> 환생한 당신을 화인으로 남겨요
> ─「람세스 2세」 부분

「모기」에서 화자가 '모기'였다면, 위의 시 「람세스 2세」에서 화자는 당신을 훔치고 싶은 '노랑나비'가 된다. 람세스 2세는 고대 이집트의 전설적인 파라오다. 양머리 미라가 2000개 이상 발굴된 것으로 볼 때 이집트 왕조 역사상 가장 강력했던 파라오로 꼽힌다. 화자는 이렇게 강력한 파라오인 람세스 2세의 '당신'이 되고자 소망한다.

람세스 2세의 사랑은 "고대를 건너온 날갯짓"으로 여러 생을 전전했다는 사실을 밝힌다. 그렇게 "환생한 당신"을 "화인으"로 남길 만큼 화자는 '당신'의 여인이 되고 싶다. 이미 천 년 전에 죽었다가 환생한 '당신'의 "첫 여인이 되"겠다는 염원은 "심장에 핀 곰팡이" 따위는 극복할 수 있다는 강한 의지를 보여준다. 시인은 '모기'나 '호랑나비'라는 객관적 상관물에 자신을 유비시켜 알레고리 효과를 극대화한다. 시적 주체는 그토록 "피를 나누고 싶"어 당신을 맴돈다. 또한 람세스 2세와 "날개를 포갠 첫 여인이 되"고 싶어 "환생한 당신을 화인으로 남"고자 발버둥친다. 하지만 자신은 결국 '당신들'을 훔칠 수 없는 연약하고 부족한 존재임을 스스로 인정하고 있다.

4. 안녕, 당신들

우리의 일상은 때로는 진부하고 때로는 고단하다. 물론 때로는 의미 있고 특별하기도 하지만 그렇고 그런 상부적인 날이 이어질 때가 많다. 날마다 반복되는 보통의 일이 그리 특별하지 않은 게 다반사지만 어느 날 문득, 특별하지 않아서 더 특별하게 와닿는 우리의 친애하는 '당신'들을 떠올리면 그 '당신'들은 안녕하신지(「사과의 속내」) 안부를 묻고 싶어진다. 그 '당신'들은 더러 붉은 침묵을 천천히 접었다 폈다 다시 접기도(「남천」)하고, 삼동을 함께 보내기도 한다 (「파들파들」). 결국 '당신'들은 자아를 포함한 우리 모두를 지칭한다. 다음의 시에서는 일상의 배경이 되는 주변의 '당신'들을 통해 자신의 내면을 들여다보고 있다.

눈이 내릴 것 같다
이웃의 목록에 비닐하우스를 저장한다
택배가 오지 않는 날이다
불현듯 먹고 싶은 짬뽕은 읍내에 있다
나와 읍내 사이에는
배달 불가의 방어벽이 있다

바람을 뚫고 당도한 읍내 장터
중국집 문은 닫혀 있다
눈을 찌르는 앞머리가
낭패로 치렁이는 화요일
미용실마저 쉬는 날이다
불 꺼진 싸인볼 아래
길고양이가 털 고르듯 뭉쳐진 눈발을 굴리고 있다

그러니까 아버지와 엄마가
별거 아닌 일로 다투기 좋은 날이다
치매방지책이라고 동생이 일러준다
꾹꾹 눌러 쓴 트집들이

믿고 싶은 줄거리를 지어내고 있다
친애하는 당신과 나
엄마와 아버지의 다정을

비밀 같은 눈이 날린다
가래와 삽 너머로
택배 안부가 궁금해진다
누가 나에게 요일을 배달시켰나
화요일에 걸린 시계가
여섯 시 칠십오 분을 가리키고 있다
—「화요일의 목록」 전문

　「화요일의 목록」은 이번 시집의 표제작이다. 화자가 써내
려가는 화요일의 목록에는 다양한 대상과 에피소드가 등장
한다. 화자가 살고 있는 곳은 배달이 되지 않는 촌락이다.
박설하 시인은 공직에서 은퇴한 남편과 함께 소와 농작물
을 키우며 전원생활을 하고 있다. 이 시는 자전적인 경험에
서 획득한 이미지를 구체적으로 그려내는 데 성공하고 있
다. 시인은 "이웃의 목록"에 저장한 '비닐하우스'와 이웃하
는 촌락에 둥지를 틀었다. 비닐 지붕과 비닐 담으로 가려진
(「비닐하우스가 보이는 My하우스」) 창밖으로 눈이 내릴 것
같은 흐린 날. 화자는 불현 듯 '짬뽕'을 먹고 싶지만 배달이
되지 않는 전원주택에 살고 있다는 현실 앞에서 난관에 봉
착한다. 참을 수 없는 식욕을 앞세우고 읍내로 달려가지만
화요일은 중국집이 문을 닫는 날이다. 게다가 치렁치렁 자
란 앞머리를 자르고 싶어 들른 미용실마저 쉬는 날이다. 가

는 날이 장날이라더니 화자는 하고 싶던 두 가지 일을 하나도 해결할 수 없는 지경에 이른 것이다. 답답한 화자의 심사는 아버지와 엄마, 동생, 친애하는 '당신'에게까지 전해진다. 엄마와 아버지는 별 거 아닌 일로 다투고 있지만, 동생은 부모님의 말다툼이 치매방지책이 된다며 관심을 두지 않는다. 연로한 엄마와 아버지는 어째서 아직까지도 다정하지 않은 것인지, '당신'은 왜 친애하지 않은 것인지. 화자는 "친애하는 당신"으로 존재하면 좋을 '당신'과 '나'의 관계 또는 이젠 다투지 않으면 좋을 "엄마와 아버지의 다정"을 믿고 싶은 서사로 지어낸다.

중국집도 미용실도 문을 걸어 잠근 화요일. 할 일을 마무리 짓지 못한 화자의 답답한 내면을 들여다보는 듯 눈을 찌르는 앞머리처럼 꼬르륵 소리가 들리는 허기처럼 "화요일에 걸린 시계"가 여섯 시 60분을 지나 "칠십오 분을 가리키"고 있다. 하고 싶은 일을 할 수 없는 화요일을 빨리 넘기고 수요일을 맞고 싶은 화자의 내면 심사는 존재하지 않는 시간 '칠십오 분' 속에 자연스럽게 배치되어 있다. 다음의 시에서는 공무원에서 월산리 농부가 된 남편을 통해 시인과 농부 남편과의 관계를 끌어낸다.

당신은 물 장화가 어울려
삭은 볏짚이 들러붙어
추적추적 종아리를 따라다녀도

당신은 알곡을 셈하는 게 어울려
때아닌 폭우에 까뭇해진 마늘을 말려도

화요일 수요일이 다를 게 뭐야
구멍 뚫린 밀짚모자를 퉁명스럽게 고쳐 쓴다

검버섯이 어울려, 당신은
키보드 두드리던 손가락을 목장갑으로 감추고
굳은살이 거뭇거뭇 박힌

잡풀을 걷어내며
당신에겐 내가 잘 어울려?
흙탕물에 잠긴 채 꾹 입을 다문 마늘밭

두 발을 다지는 진흙은 뺄 수 없는 무게로 짓누르는데
검정비닐을 뚫고 올라온 마늘종들이
들리지 않는 매운 말을 주고받는다

때때로 어울리지 않는 변명이 있어, 우리에겐
당신 눈빛을 끌고 가는
월산리 그림자가 따갑도록 맵다
　　－「월산리, 당신」 전문

　　위 시에서 '당신'은 물장화와 검버섯이 어울리고 알곡을
셈하는 게 더 어울리는 사람이다. 구멍 뚫린 밀짚모자와 목
장갑이 더 어울리는 '당신'은 "키보드 두드리"던 공무원에
서 잡풀과 마늘밭을 가까이에 둔 농부가 되었다. 매일을 밭
에서 잡초와 씨름하는 '당신'에게 "화요일과 수요일"은 다

를 게 없고 "굳은살이 거뭇거뭇 박"히는 하루하루의 연속일 뿐이다.

영락없는 농부로 자신의 몫을 묵묵히 해내는 데만 몰두하는 '당신'에게 화자가 불현듯 질문을 던진다. "당신에겐 내가 잘 어울"리냐는 화자의 물음에도 '당신'은 야속하게 묵묵부답 일만 하고 있다. 흙탕물에 잠긴 채 꾹 입을 다문 마늘밭은 바로 '당신'이며, "검정비닐을 뚫고 올라온 마늘종"들이 "주고받"는 매운 말은 일은 안 거들고 쓸데없는 질문만 한다는 '당신'의 핀잔이 잘 묻어나는 대목이다. 해보지 않던 농삿일에 적응하느라 힘든 '당신'의 처지를 이해해주지 않는다. 오히려 엉뚱한 질문을 던지는 화자를 향해 '당신'은 말 안 해도 눈빛으로 알지 않느냐는 변명을 따가운 눈빛으로 보내고 있다. '당신'의 눈빛을 끌고 가는 월산리 그림자는 안 물어도 다 알지만 그래도 듣고 싶은 화자의 간절함이 깊게 묻어난다. 내게 어울리는 건 당신뿐이라고! 한 마디만 해주면 될 걸. '당신'은 그 한 마디가 왜 그렇게 인색하단 말인가.

다음의 시에서도 생의 바깥을 잃고(「일자형 저녁 6시의 소파」) 안녕하지 못한 '나'의 내면이 형상화되어 있다

> 창밖에서 캐럴은 나를 훔쳐보곤 했어요
>
> 한겨울 밤이면
> 출근을 서두르곤 했지요
> 눅눅한 불빛은
> 고드름 아래에서 눈을 떴다 감곤 했어요

오로라를 찾아 빙하를 달려가곤 했지요
채찍을 휘두르다
개썰매에서 떨어지기도 했어요
눈밭으로 사라진 털복숭이들을 좇아
하얀 밤이 달리기도 했지요

사이키 조명 사이로
끈적이는 12월을 놓치곤 했어요
밤무대에서 돌아온 엔카는
선잠에 들었다 깨곤 했지요

라면을 끓이면
허기진 목청이 뜨겁게 흘러내렸어요
끊어지는 면발을 휘휘 저으며
젓가락으로 바닥을 건져 올렸지요
식은 국물을 삼킬 때마다
잊어버린 가사가 밀려갔다 밀려오곤 했어요

오색 광도의 1번 트랙은 언제쯤 달려올까요
ㅡ「12월의 오로라」 전문

    오로라는 밤하늘에서 춤추는 빛으로 북극광으로 불린다. 지구의 자기장과 태양의 하전 입자 사이의 상호작용으로 발생하는 빛의 향연이다. 위 시「12월의 오로라」는 아직 빛의 향연을 즐기지 못한 엔카 가수의 힘겨운 삶이 녹아 있다.

오로라를 관측하기 좋은 시기는 4월에서 9월이지만 겨울에 오로라를 잘 만날 수 있다고 알려져 있다. 하지만 위 시의 주체인 '나'는 밤에 "출근을 서두르"는 밤무대가수다. 가수로 성공하고 싶지만 밤무대를 뛰고 있는 지금의 '나'는 허기진 목청으로 생활고를 겪고 있다. 식은 라면 국물을 삼킬 때면 "잊어버린 가사가 밀려갔다 밀려오"곤 하는 것으로 보아 정상적인 유명 가수가 되지 못 하고 밤무대를 전전하는 무명 엔카 가수인 것으로 보인다.

세상엔 너무 많은 가수 지망생이 있고 노래를 잘 하는 사람도 너무 많다. 그러니 성공하는 사람보다 밤무대에서 사라지는 무명가수가 더 많을 것이다. '12월의 오로라'는 오묘하게 빛날 '나'의 꿈을 대변해준다. "오색 광도의 1번 트랙"이 아직 달려오지 않았으므로 음원을 내고 싶지만 낼 수 없는 상황이거나, 음원을 냈다 하더라도 아직 빛을 발하지 못한 상태다. 그래서 '나'인 당신의 안위는 그렇게 평안해보이지 않는다. 어쩌면 가수가 아니라 화자가 이루고 싶은 꿈이 목표하는 1번 트랙은 언제쯤 오색 광도의 오로라로 빛날 것인가. 「12월의 오로라」는 많은 사람들에게 인정받는 1번 트랙의 오로라에 닿지 못하는 화자의 상황을 대변하고 있다.

5. 당신들, 함께 물들 수 있을까요?

인상주의 화가 칸딘스키Kandinsky는 내적 필연성內的 必然性을 강조했다. 회화작품에는 인간 내면의 정신적 법칙이 반영된다는 예술론이다. 우주와 인간의 내면에 존재하는 필연적 법칙은 정신과 감정으로 분출된다는 칸딘스키의 예술론을 통해 미하일 바흐친Mikhail Bakhtin은 내적 필연성이 충만된 세계를 열리게 한다고 역설했다. 박설하의 목록에 저장된 '당신'들은 내적 필연성이 반영된 존재들이다. 시인은 '두근두근 한철 흩날리는 꽃잎'이다가 '닫힌 창구석'이다(「꽃물」). 그리고 '당신들'에게 가까이 다가와도 좋다고 말하면서 먼저 다가가는 '당신들'의 '당신'이다. 화자는 안개에 잠겨도 되는 나이의 '당신들'이 내준 어깨에 내려앉은 안개의 수심을 걷어내고(「고요한 어깨로 건너가는 두만강 푸른 물에」), '당신들'과 맞주름을 포갠 채 으깬 감자를 함께 즐기고 싶은(「솔라닌」) 마음 간절하다.

빛바랜 밤마다 '당신들'이 다가오는 꿈을 꾸거나 '당신들'과 같이 물들고 싶다는 시인의 바람은 현재진행형이다(「꽃물」). 꽃무늬로 물든 골목에서 시인은 언제쯤 '당신들'과 함께 물들 수 있을 것인가.

박 설 하

박설하 시인은 2022년 『애지』로 등단했고, 경남 밀양에 거주하며, 한국문인협회 회원, 밀양문인협회 사무국장, 挑詩樂 동인으로 활동하고 있다.

박설하의 첫 번째 시집 『화요일의 목록』에서 오래 불 밝힌 심장으로 써내려간 '당신들'의 목록을 펼친다. 그녀가 풀어나가는 '당신들'의 목록에는 밀당의 고수인 '당신들'과 시적 주체(시인)가 서로를 밀고 당기며 관계를 이어간다. 여기서 '당신들'은 현실 속의 타자인 '당신'이면서 현실 속의 자아인 '나'와 관계하는 존재들이다. 그녀가 이번 시집에서 건네주는 '당신들'의 스펙트럼은 굴절률이 다양한 '우리들' 모두를 포괄한다. 그녀는 파편화된 현대사회에서 부대끼며 살아가는 '당신들'의 다양한 문제를 감정 정화와 승화된 치유의 해학미로 형상화하고 있다.

이메일 paae11@daum.net

박설하 시집

화요일의 목록

발   행   2023년 9월 7일
지 은 이   박설하
펴 낸 이   반송림
편집디자인   반송림
펴 낸 곳   도서출판 지혜, 계간시전문지 애지
기획위원   반경환 이형권
주   소   34624 대전광역시 동구 태전로 57, 2층 도서출판 지혜
전   화   042-625-1140
팩   스   042-627-1140
전자우편   eji@ji-hye.com
            ejisarang@hanmail.net
애지카페   cafe.daum.net/ejiliterature

ISBN   979-11-5728-515-0 03810
값   10,000원

「이 책은 경남문화예술진흥원의 문화예술지원을 보조받아 발간 되었습니다.」